알쏭달쏭 소녀백과사전

알쏭달쏭 소녀백과사전

이 기 인 시 집

창비

차 례

제1부

알쏭달쏭 소녀백과사전
오래된 삽

오늘은 피가 나서
하루 쉰다

자빠진 삽에게 일 안하냐고 묻지 마라

알쏭달쏭 소녀백과사전
비둘기

나를 외면하지 말아요, 나를 외면하지 말아요, 나를 외
면하지 않았으면 좋겠어요,
　'사원모집' 현수막은 공장 후문에도 걸려 있다

　나를 외면하지 말아요, 비둘기는 다시 공장으로 들어
온다
　작업복을 입은 소녀는 비둘기들의 한쪽 날개를 붙잡고
아슬아슬 지붕 위로 날아간다

　날개를 꺾고 앉은 벤치에는, 똥이 몇 군데 겸손하게 앉
아 있다
　똥을 자세히 본다

　멀리 도망칠 줄도 모르면서 멀리 도망칠 것처럼 보였
던 비둘기, 궁둥이를 턴다

　공장 후문에 걸어놓은 현수막은 멀리 날아가고 싶어,
펄럭펄럭 철사줄을 끊고 있다

알쏭달쏭 소녀백과사전
연탄

아침 콩나물국이 끓자 나는 뒤섞인 젓가락 짝을 맞추고

어머니는 밤새 불덩이와 같은 연탄을 들고 나와 불덩
이와 불덩이를 잘랐다
기적처럼 떨어져나온 그 연탄을 집어다 집 앞에 탑처
럼 쌓아올렸다

키가 좀더 컸으면
비뚤어진 아버지의 문패를 바로잡았을 것이고
고드름을 따다가 개에게 고양이에게 사탕이다! 거짓말
도 제법 했을 것이다

나는 쥐가 긁어놓은 비누를 보다가, 간밤의 얼굴을 씻
었다
— 오늘은 아주 두껍고 소중한 책을 사야 해요

연탄광 속에서

표지가 검은 성경책을 연탄집게로 들고 나오시는 어
머니

성경책에 불이 붙었다 하면, 부엌칼로 다음 페이지를
떼었지요

알쏭달쏭 소녀백과사전
상처 디자이너

상처가 벌어지기 시작한 열일곱살
공부는 파산하고 남해를 종단하는 새로운 지도가 만들
어졌다

숙제는 오래전에 떨어진 솔방울처럼 무시되었다
볼펜에서 쏟아져나온 것은 나의 최초, 일기보다 못한
낙서들

낙서는 처음부터 이상한 풍문을 피웠다
학생은 선생을 좋아하고 선생은 학생을 좋아하고 둘은
도망가서 냄비처럼 끓었다

탐독하던 연애소설의 끝은 가출했다, 돌아온 아이와
같았다
나는 책상 위에 엎드려 졸다, 꿈에 연인이 된 그들을 쫓
아다녔다

일기엔 점점 기이한 기록만 쌓이고 온종일 거리를 헤매어도 좋았다
비참한 날들이 뻐끔뻐끔 타들어갔다

그 무렵 몸에서 튀어나온 사마귀, 반갑지 않은 친구
지독한 사마귀의 뿌리를 캐내고…… 나는 나의 장래의 직업이 조금 걱정되었다

상처를 본…… 디자이너는 말한다
(너의 상처는 세상에서 제일 이뻐, 조금만 더 벌려봐)

알쏭달쏭 소녀백과사전
나비

나비는 발로 맛을 본다
꽃 같다는 소녀들에게선 구린내가 난다
화장을 일찍 배운다는 것이 불길하다,

소녀는 올록볼록 향수병이 좋아져서
삼삼오오 향수병을 고르는 즐거움에 빠져 있다

나비가 뒤통수에 앉아 있다

알쏭달쏭 소녀백과사전
꿀단지

나와 함께 잠을 자고 싶어하는 곰 같은 사람이 한마리
있었다
그 곰은 꿀을 찾아서 나에게까지 왔다

내 꿀단지는 원통형의 주름치마 속에 감춰져 있었다,
무릎을 굽힐 때는 조심스럽게 주름을 잡아당겨서 꿀단
지를 숨겼다

하지만, 끈적끈적한 꿀냄새는 무릎과 무릎 사이로 흘
러나와서
깊은 산속의 꿀벌을 끌어모으고 있었다

곰 같은 사람은 언제 꿀맛을 보았는지
나를 만날 때마다 원통형의 주름을 펴는 데 열중하였다

나의 꿀단지를 더듬으면서, 긴 겨울잠을 자자고 옛날
옛적의 이야기를
꺼낸 곰이 얼마나 많은가

알쏭달쏭 소녀백과사전
흰 벽

공장과 공장 사이에 있는 화장실
흰 문짝은 오랫동안 페인트를 벗으면서, 깨알 같은 글
씨를 토해내고야 말았다

똥을 싸면서도 뭔가를 열심히 읽고 싶었던 이 못난 필
적은 필시
쾌활한 자지를 바나나처럼 그려놓고 슬펐을 것이다

작업복을 벗고 자지를 타고 올라가 그 바나나를 하나
따다, 미끄러졌다

위험한 기계를 움직이는 몸에서는 주기적으로 뭉친 피
가 흘러나왔을 것이다
가려운 벽을 긁었던 소녀의 머리핀은 은밀한 필기구

잔업이 끝나고 처음 만난 기계와 잠을 잤다
기계의 몸은 수천개의 부품들로 이뤄진 성감대를 갖고

있었다

　기계가 나를 핥아주었다, 나도 기계를 핥아먹었다, 쇳
가루가 혀에 묻어서 참지 못하고 뱉어냈다,
　기계가 나에게 야만스럽게 사정을 한다고, 볼트와 너
트를 조여달라고 했다

　공장 후문에 모인 소녀들
　붉은 떡볶이를 자주 사먹는 것은 뜨거운 눈물이 흐를
까 싶어서이다
　아니다, 새로 들어온 기계와 사귀면서부터이다

알쏭달쏭 소녀백과사전
백합

그날 동거를 시작했다

뒤뜰에 파놓은 흙 한입의 어둠 속에 아버지가 좋아하는 백합을 심었다

아무것도 피어나지 않는 날에도 햇빛은 한줄기 백합을 겨냥하였다

나는 마루에 앉아 있다 긴 장총을 든 사냥꾼처럼 꾸벅꾸벅 잠이 들었다

내가 잠든 틈에, 집을 나온 아이 한쌍이 백합 속에 들어가 살림을 차렸다

어떤 날은 잡채를 한다고 부산하였고 어떤 날은 자정이 넘어 라면을 끓였다

탕…… 냄비뚜껑 떨어지는 소리가 가슴을 쓸고 갔을 때, 눈을 떴다

조용해! 여기는 우리 집이 아니라구,
한쌍의 아이들이 백합 속에서 나와 국자처럼 생긴, 저
녁별을 찌그러뜨렸다

아버지는 시계 태엽을 감았다, 태엽이 풀리면서 고장
난 가족들이 하나씩 집으로 돌아왔다

나의 생각은, 호랑나비처럼 젖은 쎄일러 교복에 앉았
다, 마루에 앉았다,
빨래방망이에 앉았다

백합의 수술을 건드린 아이는 지금 아이와 함께……
흔들리고 있다

알쏭달쏭 소녀백과사전
걸레

검은 가슴을 핥는 이에게
그만 빨아요. 처음에는 저도 깨끗했어요

꾹꾹, 눈물을 참으려고 해도 눈물이 나오는
이상한 체위를 강요하는 아저씨

소녀의 걸레는 뒤틀리면서 '아퍼' 소리를 질러야 하
는데
거친 손은 다시 걸레의 입을 틀어막는다

알쏭달쏭 소녀백과사전
솜사탕

하늘에는 '동시 분양'이라는 큰 풍선이 떠 있다,
남자는 그렇게 붕 떠 있다

남자가 '너'뿐이야라고 말했을 때부터 공원산책로의
꽃들은 불륜(不倫)으로 만발하였다
　그 불륜이 달콤하게 퍼져나가서 솜사탕 하나를 만들
었다,

　솜사탕 하나 사주세요

　껍질을 벗기지 않아도 먹을 수 있는 이 간식(間食),
　아이들이 모여 앉아서 수런수런 솜사탕의 옆구리를 녹
이고 있다

　솜사탕을 다 빨아먹었을 때, 남자는 차 문을 열고 아이
들을 태우기 시작했다
　아이들이 들고 있던 솜사탕 막대기는 발기되었다

알쏭달쏭 소녀백과사전
상처

살굿빛
요구르트에 빨대를 꽂는다
요구르트에 빨대를 가벼이 꽂는다
이 얇은 처녀막에도
어느새,
내가 내었던 천공(穿孔)이 있다는 것을 슬슬 뉘우친다

아이가 울어서
그 얇은 처녀막을 빨대를 쥐고서 들여다본다
울던 아이는 참으로 흡족하게 한참을 쪽쪽거린다
마지막 한방울까지 쪼르르
열심히 빤다

나의 설교는,
빨대가 후빈 구멍으로 흘러나와 붉은 혀를 끌어당긴다

아이들은 달콤한 것을 워낙 좋아해서 말이야,

거기에 있었던 처녀막 말이야, 막(膜) 얘기하려 하자
아이는 또다시 열광적으로 울어버린다

살굿빛
요구르트에 나는 빨대를 꽂는다 …… 집중해서 아이는
울고
나는 집중하여 상처를 낸다

알쏭달쏭 소녀백과사전
쇼핑백

가슴이 찢어진
백화점 쇼핑백

두겹 세겹, 스카치테이프를 붙이고 외출하는 날

나 언제쯤 쓸 만한 놈 될까
차곡차곡 큰 거 작은 거 많이 모였네

자취방은 악어처럼 조용하고
쇼핑백은 방을 삼킬 수도 있었네

선물이 빠져나온 쇼핑백
작업복 들어가서 바스락 바스락

아프지 않았으면 하는데
가슴이 아프네

알쏭달쏭 소녀백과사전

못

이기적으로 이기적으로 뒤섞여버리고 마는 삶
뒤섞여버린 연장통을 하나 옮겼네

사랑한다고 고백하였다가,
퇴짜 맞은 구부러진 못 두 개가 그 속에 있네

이대로라면 쇠망치 머리는 점점 녹슬고
  망치 나무손잡이가 더 오래 남아서 옛사랑을 증언할
것만 같네

  구부러진 못을 보며 구부러진 생(生)을 보며 구부러진
허리를 모처럼 펴보고 싶네

  허나 사랑한다는 말을 아꼈던 가슴은
 아직 펴지지 않네

알쏭달쏭 소녀백과사전
봄비

공장 마당에 혼자인 나무, 작업복에 붉은 물방울이 튄다

나는 언제 울면서 얘기할 수 있는가
내 눈물은 참았던 일이 많아서 한꺼번에 쏟아질 것이다

그날은 소주 한잔 사달라는 사람 있거든 술 한잔 사
주고
손수건도 내주고 집까지 바래다주는 일도 까먹지 말
아라

빗방울 소리 저녁 늦게까지 저벅저벅 집으로 오고
우산도 없이 걷는다는 게 말이냐, 우산도 없다는 게 말
이냐

봄비 오시는 날 비 맞은 소녀
애인 옷 잘 다려서 못에 걸어놓고 다리미 세워놓고

엊그제부터 생리대에 쏟아진 피와 만나서 온종일, 찐
감자처럼
  이 저녁이 배고픈 사람을 기다린다

제2부

해바라기 공장

촛농을 삼켜버린 불빛,
일기의 맨 마지막 이야기는 너무 외롭다는 것이고
너무 외롭다는 것은 소녀의 얼굴에 박힌 주근깨처럼
너무 많았네
어디, 깨진 거울을 좀 보자

어제 본 해바라기도 주근깨가 많은 소녀를 닮았네
그 해바라기도 일기장만한 큰 잎사귀로 서서 온종일
울었네
인부들의 겉옷이 해바라기에 걸쳐 있는 동안
해바라기는 인부의 아이를 닮았네

밤새 고개를 숙인 해바라기 앞을 지나서
소녀들 눈 비비고 공장 속으로 들어가버린 후,
해바라기는 얼굴을 들었네

공장 근처에서 서성거렸던 인부들아 날 좀 보렴, 보도

블록은 다 깔았니,

 가끔은 먼 친척처럼
 잎사귀를 흔들었던 해바라기를 지나서 온 얼굴
 밤늦게 일기 속으로도 들어오고
 오늘 공장 가는 길에 새로 깐 보도블록 때문에
 해바라기…… 죽었다고 쓰기도 하네

 길바닥에 누운 해바라기의 주근깨를 오래 잊지 못하네
 공장 가는 길목에 이제 누가 손 흔들어주나

석유통을 끌고 온 소녀

석유통을 끌고 온 소녀
이사 온 집의 내부에 떨어진 검은 모서리를 한나절 닦
았네
걸레는, 아버지 난닝구

석유통을 옮기고 앉은뱅이 화장대를 옮기고
달력을 옮기고 빨래 삶는 솥을 옮기고
할부로 산 가정백과를 옮기고
외로운 문조(文鳥)처럼 앉았네

침묵 끝에 노을이 와서 노을을 벽에 걸어놓았네

옮겨진 석유통에서 흘러나온 아버지 생각은
쌀자루처럼 구석에 쪼그리고 앉았네

벌써부터 석유통의 내부는 공장의 뒤뜰냄새를 피우고
똥개처럼 놀다 들어온 주인집 아이는
그 냄새를 맡았네

ㅎ방직공장의 소녀들

목화송이처럼 눈은 내리고
ㅎ방직공장의 어린 소녀들은 우르르
몰려나와 따뜻한 분식집으로 걸어가는 동안…… 제 가
슴에 실밥
묻은 줄 모르고
공장의 긴 담벽과 가로수는 빈 화장품 그릇처럼
은은한 향기의 그녀들을 따라오라 하였네
걸음을 멈추고
작은 눈
뭉치를 하나 만들었을 뿐인데,
묻지도 않은 고향 이야기를 늘어놓으면서…… 늘어놓
으면서 어느덧
뚱뚱한 눈사람이 하나 생겨나서
그
어린 손목을 붙잡아버렸네
그녀가 난생처음 박아준 눈사람의 웃음은 더없이
행복해 보였네

어둠과 소녀들이 교차하는 시간, 눈꺼풀이 내려왔네

ㅎ방직공장의 피곤한 소녀들에게
영원한 메뉴는 사랑이 아닐까,
라면 혹은 김밥을 주문한 분식집에서
생산라인의 한 소녀는 봉숭아 물든 손을 싹싹 비벼대며
오늘도 나무젓가락을 쪼개어 소년에 대한
소녀의 사랑을 점치고 싶어하네
뜨거운 국물에 나무젓가락이 둥둥
떠서, 흘러가고 소녀의……시간이 그렇게 흘러갔다고
분식집 뻐꾸기가
울었네

입김을 불고 있는 ㅎ방직공장의 굴뚝이,
건장한 남자의 그것처럼 보였네

소녀들이 마지막 전선으로 총총 걸어가면서 휘파람을
불었네

솜털

아침에 어떤 죄악은 손으로 주울 수 없어서
비닐테이프로 주웠네

우리의 죄를 셀 수 없는 것처럼 불쌍한 일이 또 있을까
그 죄를 살피는데 그것은 꼬부라졌고 검었네

솜털이 아름다운 건
아직 죄의 시작이 미미하기 때문이야

검고 꼬부라진 털은 어디서 나왔을까
죄의 뿌리가 세상 밖으로 뿌리를 내린다

소녀의 껌

긴
갯벌에서 주운 적이 있는
조개껍질 같은 가슴으로 재봉틀 앞에 앉은 소녀
땀에 젖네
출렁이는 파도를 연주하였으므로 미역줄기처럼 가슴
이 축축하네

그 연주의 볼륨을 높이고 싶은 나른한 오후
질겅질겅 씹던 껌의 반죽이 잘되어 통통한 자지가 되
었네
소녀의 입에서 말처럼 욕이 쉽게 튀어나오는 건
그 자지를 너무 세게 물었기 때문에…… 그렇다네

이제 박아줄까,
둘둘 말린 붉은 천이 풀리고 그 바닷가 모래 알갱이들
이 쏟아지네
붉은 천으로 만든 옷의 안주머니는

탁탁 털어서 입을 것
주머니엔 못된 아이의 선인장이 자라고 있을 줄……
몰라

연주의 중간 중간에 파도의 화음이 들리고, 전화를 받
으러 소녀가 뛰어나가고

일터를 자주 옮기는 똥파리 분대, 밥알을 남기고
찢어진 빵봉지를 지나서
언 생수통마냥 묵묵히 있던 소녀의 등에 보청기처럼
콩 달라붙네

소녀의 땀냄새, 분냄새,
고향 바닷가냄새가 나는 좋아…… 파리는, 지겹게 달
라붙네

너처럼 이쁘고 멋진 연주자를 본 적이 없구나

흰 목덜미를 한번 잡아보고 싶은 늙은이, 슬리퍼를 질
질 끌고 와서
　긴 악보를 놓고 가네

　슬픔은 슬픔으로 기워야 하는 이 연주의 곡명이 뭐지,
　악보를 보기 위해 소녀가 연주를 멈췄을 때
　파리는 이제 보청기를 뽑고, 창밖으로 멀리 날아가고

　입속의 껌은 더이상 발기하지 않았다네, 이 자지를 어
디에 뱉을까

소녀의 거울

처음엔 모자만 벗었어요 조금 더웠으니까요 그리고 갑
자기 엉덩이에서 뿔이 났어요

밤새 엉덩이를 더듬어보다 거울을 보았어요
소녀가 소녀에게 말했어요 이젠 너도 살찐 소가 되었
구나, 축하해

소녀가 먼저 여인숙으로 들어가고
엉덩이 살을 한근만 팔라고 조르던 그 정육점 남자가
조용조용 뒤따라왔어요
그 정육점 남자의 저울 위로 올라가 맛있는 부위를 어
떻게 설명했는지 모르겠어요
내장은 안 팝니까,

아저씨 살살해요 안 아프게 살점만 떼어가세요
다만 살 한점을 팔아치운 소녀는, 몸이 가벼워졌어요
가죽을 벗었으니까요

이제 두꺼운 여인이 되게 하옵소서 손바닥을 모으니
　삶의 가죽이 너무 두껍구나 하는 생각이 들었어요, 점
점 길게 기도하지 못했어요

　소녀는 거울을 보며 자기 젖을 빨고 있는
　송아지를 생각하고
　얼룩 송아지는…… 얼룩을 지우고 가라

　두번째와 세번째 구멍이 헐거워진 그 시곗줄을 팔목에
채우고 거울을 보고
　소녀는 초침처럼 부지런히 그 어두운 골목을 돌아나왔
어요

　소녀가 걸어갈 때,
　초침은 거의 우는 소리에 가깝고 시침과 분침은 가랑
이를 벌리고 있었어요
　우연히 시간을 물어볼 때마다, 그 가랑이를 보여줬어요

소녀의 배

자고 나면
소녀가 부자를 좋아한다는 의심은 베갯속처럼 한쪽으
로 몰린다
그깟 의심쯤이야, 소녀는 창밖 전봇대로 이를 쑤신다

피 묻은 전봇대를 보고 까치가 운다
나뭇가지를 모아놓은 새의 둥지는 공기밥처럼 수북
하다

붙잡을 수 있을 만큼 도망쳤는데,
그걸 모르는 사랑이 밥 먹었냐는 전화도 한다
너 같은 놈은 꺼져버려,

가난의 고무줄을 끊어버리고 싶은, 끊어지지 않는
아랫도리 속, 팽팽한 고무줄이 차츰 늘어난다

아버지는…… 거기서, 무얼 했는지 더이상 캐묻지 않

는다

자궁 밖으로 흘러나오는 냄새는 축축하고
소녀는 소리 없이 우는 법을 배운다

담요 속의 통통한 배는 꿈틀꿈틀, 춤을 배운다

소녀의 곰인형

사진을 찍으려고 곰인형 가족이 모였네, 좀더 바짝 붙
어봐요
그래도 가족인데 바짝 붙어봐요
외로울 땐 곰인형을 모아놓고 사진을 찍어주는 곰인형
가족의 막내,
곰과 잔다, 곰과 일어난다, 곰과 학원 간다
화장실 가서 담배 한대 피우고 몽롱하게 교복을 벗고
청바지를 입고 지하철을 탄다

모든 남자는 소녀를 사랑한다 그와 있는 곰을 귀여워
한다
순환하는 그 전철이 흘러가고 있을 때
구닥다리가 ㄴ 자로 앉아
신문을 펴고 어제 일을 꼼꼼히 챙긴다, 그 다음 페이지
로 그 다음 페이지로
사건은 넘어간다

사랑하기를 멈춘 구닥다리가 곰인형을 보고 소녀를 읽는다
는다
　가슴의 돌기에서 단추가 뚝뚝 떨어져나가고 아래로 아래로 청바지의 지퍼를 연다
래로 청바지의 지퍼를 연다
　그만해요, 이제 당신은 당신의 외로움에 서명을 해야 할 줄 알아요,
할 줄 알아요,

　카메라 앞에 앉은 소녀를 그 구닥다리가 찍을까 말까, 하는 순간
하는 순간
　가장 섹시한 곰의 발톱이 구닥다리를 할퀴어버린다
　그렇게 해서 미안해
　당신은 아빠를 닮았군요, 오빠를 닮았군요 그들은 이미 오래전에…… 미쳤는데,
미 오래전에…… 미쳤는데,
　그래서 곰을 키우고 있는 줄 몰랐군요,

　다음 역은…… 곰인형이 사진을 찍기로 한 장소
　구닥다리가 웨이터처럼, 말쑥한 육체를 들고 일어난다

전철은 흔들린다

소녀의 곰인형도 귀엽게 흔들린다

귀여운 것들은 지금 뭘 보고 있는지 달랑달랑, 흔들
린다

폭설

아픈 어깨로 가방이 옮겨지고
정든 흙손이 덜그럭거린다

한쪽 어깨에서 한쪽 어깨로 희미한 주름이 흘러내린다
추워,
사내는 모닥불을 쬐려고 발끝을 뻗는다
춥다,

누군가 읽다 만 책을 모닥불 속에 던져 넣는다
집으로 가고 싶지 않은 발끝들에서
모락모락 김이 샌다

희끗희끗 나이를 먹은 머리 위에 눈이 쌓인다
"하늘이 망하고 있는 중이야"

열일곱 열여덟 바늘

열일곱 열여덟 바늘의 기억으로
자신의 상처를 보기 위해 스르르 옷을 벗었더니
자세히 보니 자궁은 처음부터 열려 있었고
거웃은 나도 모르게 그 문을 점점 닫고 있었다
(사실, 그 검은 문은 기숙사의 방문처럼 굳게 잠겨 있
었다)
이건 내 상처가 아니야,
자궁에서 배로 시선을 옮겼다
내 배는 곯은 적이 많으나 곯어서 아사한 기억이 없
잖아
배는 상처가 아니었다
배에서 가슴으로 가슴에서 얼굴로 올라와보니
불주사 자국 빼고 상처는 한군데도 없었다
몸은 아름다운 감옥이었다

거울에 비친 나는 열일곱 열여덟살
그동안 감옥에서 자란 머리칼이 숭 쏟아졌다

장차 나는 나보다 두살 많은 세살 많은 세상 밖 사람과
결혼하고 싶어
　아니면 동갑내기도 좋지 머리칼을 뒤로 묶고
　아직 상처를 찾다,
　소름이 돋아서 주섬주섬 옷을 주워 입었다(그리고
　허름한 작업복을 다시 걸치게 되었다
　…… 일 나가야 할 시간이었다)

떡볶이

무죄를 기다리는 사람처럼 조용한 김밥과 만두와 떡
볶이
떡볶이는 대규모 집회의 움직임처럼 피 흘리며 끌려나
오며 발설한다

네 입속에 넣어준 슬픔이
얼마나 많은가,

포대기를 업은 여자가 모자를 벗은 전투경찰이
노을지는 길목의 포장마차에서 떡볶이를 놓고 침묵
한다

울면 울수록 아프다, 뒹굴면 뒹굴수록 억울하다
푸념을 쏟다, 붉은 떡볶이를 본다

떡볶이 한 접시
네 속에서 참았던 눈물이 한 접시 흘러나온다

제3부

달의 근육

학(鶴)은 왜 이곳으로 달을 물고 왔을까,

  붉은 유곽에서
  어쩌다 길을 잃은 후 쳐다본 달이 있고, 달과 함께 녹슨
골목길이 있었네

  누군가 침을 뱉고 오줌을 누고 이정표를 세우네

  쇳가루 날아와
  오랫동안 널어놓을 수 없는 빨래처럼 방 안에서 반쯤
마른 여자,
  방바닥에 누워 있길 좋아하고
  가끔 빵인 듯 부풀어서 공장 사내들 식판의 허기를 채
워주었네

  달빛은 나의 근육, 달빛은, 허벅질 계속 움직여라 하
였네

철없는 사랑, 이별을 용접할 수 없었던 사내들 배가 정박하였던 곳

학익동은 그렇게 붉어도 좋았네

좀더 머물러야 할지 떠나야 할지 모르는 별들, 무참히 반짝였네

햇빛

브래지어를 말리는 시간
햇빛은 열심히 가슴으로 들어왔다

세월이 흐르면
어머니의 가슴은 주인 없는 봉분처럼 착하게 무너져
있을 것이다,
아이들은 들통난 젖을 빨고 있을 것이다
애인의 까만 젖꼭지엔 입김을 불어넣을 것이다

빨랫줄에서 갑자기 브래지어를 본 죄, 세월이 흐르면
나도 시력을 잃을 것이다

햇빛은 열심히 가슴으로 들어왔다, 나가면서
상처를 말린다

팁을 모아놓은 식탁

하루를 또 술병 속에 담아놓은 그녀가
하루를 다 쏟고 받은 팁을 식탁 위에 올려놓았네
(달은 너무 뜨거워서 주울 수 없는 동전)

나뭇잎처럼 많은 날들이 달라붙어서
거추장스러운 옷을 이제야 벗는데
젖꼭지가 귀찮게…… 브래지어가 어디 갔어, 묻네

벗어놓은 옷들은 불쌍하다, 불상(佛像)으로 등을 돌리
기도 하는 법

팁을 모아놓은 찬장에서
세상에서 제일 잘생긴 그릇 하나 꺼내면서
뜨거운 국 한그릇을 받았네

그날 저녁이라고 해야겠다
미역국을 마주하며 다시 만날 수 없는 이들이 있다는
것을

붉은 욕조

1

눈길 한번 준 적 없는,
옥상의 욕조에서 호박 넝쿨이 기어나와
예쁜 그녀를 감싸고 돈다
아이를 지운 적이 있는 그녀는 붉은 노을 속에서 화장
을 고치고
모로 누운 냉장고가 부엌에서 쫓겨나온 후처럼
그 위에 앉아 하품을 한다

이 낯선 곳까지 올라와
뒹구는 잡동사니들은 한결같이 마음을 검게 볶았는지
좌선에 든 냉장고, 고장난 286 컴퓨터, 유모차, 깨진 바
가지가
옥상의 그늘을 긁어모은다

아이를 지운 적이 있는 여자가 다시 화장을 고치고 다
리를 떤다

그녀의 마른 등짝을 보면서 한 여자가
양말을 걷어 바구니에 담는다

아직 다…… 아 아이를 지우지 못했기에
욕조에선 그녀의 아이가 놀고 있다

 2

소용돌이치는 계단을 밟고 내려오는 동안
벽면에 다닥다닥 붙은 스티커들, 너희들의 집은 어디
있냐
(그녀와 마지막으로 교신을 하였던 남자는 지금 어디
있는가)
계단 끝에서 아기가 운다

노을은 점점, 잠글 수 없는 물처럼 욕조 밖으로 흘러넘
친다

물의 뚜껑

약수터에 물 뜨러 가다,
오래된 소년원의 철조망으로 나팔꽃이 기어올라가는
것을 봤다
저 높은 곳에서 나팔꽃을 내려다보는 이는 소년을 감
시하고 있다

자꾸 올라가기만 하는 나팔꽃이 물 뜨러 가는 내 마음
을 출렁이게 한 후,
흰 물통의 뚜껑이 너무 커서 나도 모르게
샘 같은 세월이 흘러나온 것을 알았다
담벼락에 기대어 오랫동안 울고 있는 나무는
그동안 나와 소년을 닮았을 것이다

나는 미안하지만, 소년의 나이를 물었다
소년은 이렇게 화창한 날 어디 가냐고, 물었다
나무줄기를 타고 부지런히 움직이는 개미들이
다 소풍을 간다고 생각하지 않았다

나는 소년이 보고 있는 소풍을 중지시킬 수도 없었다
나는 물 뜨러 간다, 너는 여기서 멀리까지 뿌리를 뻗어
야 한다
갑자기 참새가 날아와 나뭇가지 속으로 숨어들었다

갑자기 소낙비가 후드득 떨어졌다, 나팔꽃 모가지가
갸웃 떨어졌다
내가 흰 물통을 들고 막 뛰어가는 세월은, 0년이었다
수감되어 있는 소년에겐 빗소리만 들렸을 것이다

이렇게 비가 오는 날.
형량을 좀 감해줄 수도 있지 않을까요, 하느님.
하늘의 노염을 사서 나 물의 뚜껑을 잃어버렸다

송편나무

1

너무 이른 봄에 꽃을 피운 나무들을 기념한다

지난겨울에 몇몇 사람들이 죽어버렸으니

그 꽃봉오리가 너, 라고 믿었다, 너는 환하게 내 앞에서 웃었다

나는 배고픔에 울던 네가, 이제 죽어, 웃는 것을 보니 죽어서 거짓말을 배운 것 같다

누가 시키지 않았으면, 명명하지 않았으면 이름도 없었을 것을

나는 나무 그늘에 껴 있다

나무의 이름을 전부 거역하는 죄를 지었다

2

너는 너무 이른 봄에 피어난 목련이었다

한겨울의 솜이불을 개고 있다가 문득 너를 보았다

당신의 거룩한 나무에는 아이들에게 줄 송편이 열렸군,
그 송편이 떨어지지 말라고 조용히 바람이 불었다
그 송편이 쉬이 쉬지 말라고 겨울 끝에서 익었다
가난한 사람들은 이미 송편나무를 마당에 심어놓았고
내 집에도 한접시 떨어져서
나는 봄을 먹었다

찢어진 방충망

누군가, 찢어진 방충망을 꿰매어놓았다
저 바깥 세상의 염증은 군데군데 상처를 만들기 시작
한다

주문을 받기 위해 차림표를 내놓는 여자는 재떨이를
옮기고
냄새나는 구두를 정리하고 주방으로 들어갔다

주방엔 개의 죽음을 둘러싼 대형 냉장고가 으르렁거리
고 있다
그 속에서 얼어붙은 턱을, 여자가 더듬는다

들썩거리는 솥뚜껑, 여자는 눈물을 빼고 마늘을 찧는다
긴 좌담이 펼쳐진 탁자 위로 오후의 파리떼가 찾아
온다

우리들의 욕망은 한그릇 수북하고 수상하다

가슴이 무너지도록 방충망으로 돌진하였던 것들은 무
엇일까

꿀벌의 집

목침을 베고 누워 있는 동안 하얗게 타버린 머리카락
을 잊고 있었다
작은 병에 있던 은단을 꺼내 먹으면서 울음을 참을 수
있었다

햇살이 마당에 나와서 주름진 옷을 걸치고 나가 말릴
수 있었다
개를 묶어놓은 줄이 구렁이로 변해 허물을 벗고 있
었다

가당치 않은 일들이 벌어지고 있는 집을 담쟁이가 감
고 있었다
빨랫줄에 앉아 있는 꿀벌이 독신으로 사는 것을 잘 알
고 있었다

사람을 피해서 날아다니는 꿀벌 한마리, 앉았던 자리
에 국화가 피었다

국화 그늘 속으로 들어가 하룻밤을 묵고 싶었다

노인은 열쇠꾸러미를 들고서 들어갈 수 없는 방을 기
웃거렸다
하얀 노마님이 꽃잎 속에서 버럭 화를 내셨다

꿀벌과 겁에 질린 개가 벌떡 일어났다, 구렁이는 놀라
서 달아났다

학

　우리는 너무 멀리 날아와서 날개를 접은 학(鶴)
　오랜만에 부드러운 담요 위에서 다리를 벌리고 있으니
　몸에 맞는 직업이 따로 생각나지 않는다
　어긋난 말씨를 배운 선비 일행은 붕당 학의 무리에 끼
어보지도 못하고
　술에 취해 흰 날개 밑으로 숨어든다

　흰 날개를 접은 학, 천년을 살 것 같은 몸은 선비를 품
는다
　담요 위를 날면서 이 세상 새가 아닌 울음으로 학익동
(鶴翼洞) 하늘을 훨훨 날아간다
　사정, 사정, 날아간다

명함

영업부 직원은 남은 명함을 세었다
못 만난 사람이 이렇게 많아,

오동나무 그늘에 앉아 오동나무 비서실 문을 조심스럽
게 두드렸다, 똑똑

노랑머리 비서는 이따위 방문을 좋아하지 않아
영업부 직원은 얼굴이 너무 못생겨서 간단히 말하는
버릇이 있었다
소심하긴, 적의의 (비서는 당장 나가라고 했던 일을 후
회하였다)

새가 500원어치 두 마리 그의 머리 위로 날아갔다
구름이 2000원어치 버스정류장 쪽으로 이동하였다
나는 700원어치 기침을 했다

길에 떨어진 명함을 보자마자
길에 떨어진 권총 주웠다

달빛 봉투

가족수당이 붙은 월급 봉투
두툼한 봉투,

다문 입을 살짝 열어보니
그 속에, 한평생 자란 나무를 잘라내고 받은 나이테가
있었다

나무 그늘에서, 그늘로 걸어온 내가 아버지가 될 수 있
을까
몇 가닥 나이테를 팔아서 방울을 사고 쌀 한자루 살 수
있다면 얼마나 좋을까

손끝으로, 굵은 나이테 몇 가닥을 훔쳐내고 싶은 아버
지 불길하여,
월급 봉투의 입을 닫아버렸다

누런 달빛 봉투, 왜 갑자기 열어보았을까

쇳덩어리 냄새가 나는 저녁에
거의 손에 쥐었다 놓친 비누는 불안한 그의 얼굴이었다

약봉지를 접는 방법

방바닥에 널어놓은 내복 같은 아이 축축해 잠들지 못
하고
여인이라고 하기엔 이미 늙어버린 엄마, 닳은
슬리퍼 소리 아직도 끌려오지 않구
기다리다 기다리다 말라버린 아이의 속 깊은 눈

읽고 있던 동화책 속 젖은 우산 위로 빗방울 떨어진다

비가 오잖아,
아이는 배추잎사귀처럼 떨어진 담요로 밥 한그릇을 덮
는다

아랫목에 없는 엄마, 보리밥냄새만 까맣게 타들어가
잖아,
발가락이 엄마 밥그릇에 닿아서 미안해,

아이는 시장 모퉁이를 돌아서

새우깡 한봉지 사갖고 돌아오시는 엄마 생각으로 껑충
껑충, 빗속을 걷는다
한 손엔 새우깡
한 손엔 붉은 고무대야가 집으로 온다고 믿어버리구
부스럭부스럭 마음이 뜯어진다

그런데 이 소린 뭐야,
엄마한테도 부스럭거리는 그 약봉지가 하나 있었잖아
그 약봉지를 펴보구 다시 접어놓을 수 없는 일이 생기
구 말았어,

겁이 난 아이는 속눈썹을 닫아버린다

옆구리 아픈 물주전자
엄마 잠 한잔 따라준다 생각하구 코고는 엄마 얼굴 생
각하다
내복에서 팔다리가 기어나오는…… 이상한 꿈을 꾸구

떠난다는 말을 주었네

흰 양말을
벗어놓은 잠을 깨고 보니
여기가 어디,
주인은 떠나고 그가 기르는 백리향 한그루만 남아서
빈방을 채우네

그이를 만나려고 이제야 찾아온 일이기도 하였는데
어젯밤 술이 자못 내 얼굴을 사랑하게 하였을까

모든 것이 끝났어, 양말을 찾는데
빨랫줄에 널어놓은 그의 옷이 살랑살랑
떠난다는 말을 받네

제4부

검은 글씨 엽서

1

트랜지스터 라디오를 틀어놓고
위안처럼 엽서를 썼다
검은 글씨를 읽어줄 형에게, 검은 글씨를 아버지에게
들키지 말아요

남향인 이 집의 창문이 내 집 같아서
고장난 수도꼭지를 오늘 큰맘 먹고 고쳤어요
물소리를 잠그고 나니
이 집도 조용한 연못이네요

아이들이 오리 새끼처럼 떠다니네요

100만원짜리 이 방엔 곰팡이가 산다는 것을 알았어요
나는 그 자리에 거울을 걸어놓았어요
그 속을 들여다보지만

아무것도 없는 날이 많아요
아버지에게 이 집 불빛은 읽어주지 말아요, 형

2

어머니들
가슴을 열면 눈물이 얼어 있었어요
아이들은 썰매를 타러 그 깊은 곳까지 놀러나가고
어느 흉가로 화해버린 종갓집을 뜯어내
모닥불을 피웠어요

참 오래 항거하던 불의 입에다
아이들이 훔쳐온 콩줄기를 넣었어요

불경스런 불만 쳐다보는 일이 겁났어요, 형

3

토끼들의 정사는 짧고 욕망마저 다 쏟지 않았어요
잡아먹고 남은 몇마리의 그 빨간 눈동자를 들여다보았
어요
그 속엔 체온을 잃지 않으려고 수은이 많았어요
더이상 올라가지 않은 수은이,
요즘 날 위협해요

춥지만,
내일도 그 토끼장에 나가 놈들을 세어볼 거예요, 형

할머니와 감자

봄이 오면
할머니는 소일을 찾아서 감자밭을 거닐었네

호미로 캘 수 있는 것 있으면 다 캐내고
돌멩이가 밭이랑에 쌓였네

왠지 쓸모 있을 것 같은 돌멩이
너희들이 옹기종기 모여 있으면 돌무덤 같고

그 돌멩이를 온종일 집으로 옮겼네

밭이랑을 걷는 할머니의 뒷모습에
은비녀가 꽂혔네 감자꽃 줄기가 생겼네
그 줄기 칭칭, 할머니를 감았네

나는 고름으로 꽉 찬 감자와 할머니를 목화밭에
넣어주고 싶었네

빈 맥주병의 묘지

헛간 냄새나는 집 마당을 나와
서 있는 대추나무의 따뜻한 그늘을 서성이다
한때나마 불안함을 씻은, 그 허공에
붉은 열매가 열린 것을 알았다
참 이쁘구나,
앙상한 가지 끝에 매달린 너를 한참 들여다보는 일이
즐거워
눈으로 눈으로 한주머니 가득 줍는데
불현듯 불과 1년 전에 내 아이와 함께
중환자실에 누워 있던 그 아이들의 새까만 눈동자가
나를,
깊숙이 내려다보는 게 아닌가

나뭇가지에 매달린 그 붉은 열매를 자세히 읽는 동안
한때 아이들이 침대에서 떨어뜨렸던 그 장난감 굴착
기로
땅을 파고 뭔가를, 열심히 묻으려고 했는데

어쩌면 그 장난이 나무를 심는 아이의 모습은 아니었
을까,
 생각이 쌓이고 쌓였다

어느 저녁이었을까
아이들이 낀 작은 만찬이 끝나고 손님들이 돌아가고
빈 맥주병을 들고 나와서
우연히 나무의 옆에 빈 맥주병을 쌓아놓게 되었다

그것이 한겨울 내내 울고 울었지만
텅 빈 그 속을 다 채우지는 못하였다

어떤 바람소리는 창문까지 와서 울고
우리 내외는, 그때마다 아이의 가슴을 열었다 닫아놓은
닥터의 말이 생각나기도 하였다

생신

꿈에
소〔牛〕가 모자를 벗어서 나뭇가지에 걸어놓았다
나무가 쓰러졌다

방울소리가 풀밭에 떨어져 뒹굴고
제발, 제발 풀이 원망하듯이 하늘을 향해 자랐다

풀밭에서,
차츰 골반에 문제가 생겨서
어떤 걸음은 좋아 보이지 않았다

붉은 모자가 정육점 갈고리에 걸려 있다
— 엄마가 그러시는데 할머니 생일상에 놓을 거래요

꿈에
나는 모자를 사러 갔다

시인에게 온 편지

청송교도소에서 편지 한통이 날아왔다

밥풀냄새가 난다 그쪽도 내 독자다

지금은 봄이군요 그리고 아무 말이 없다

새순이 돋아서 좋다 꽃이 피어서 좋다

그쪽도 어쩌다 내 쪽으로 가지를 뻗어서 좋다

검열한 편지지 속에서 삐뚤삐뚤 피어난 꽃

볼펜 한자루에서 피어났다

오늘은 저녁 쌀 씻다 한줌 쌀을 더 씻다

제비

가끔 사람의 길에 제비가 날아가고 가끔 사람의
냄새가 그리운 날이 있었다

내 호주머니 속의 꼬깃꼬깃한 버스표는 장차 내 어머
니의 코트가 될 것이다
땅까지 치렁치렁 닿는 버드나무의 머릿결을 보면서
나는 땅에 끌리는 코트를 상상했다

그때
농약공장의 푸른 지붕에서 제비가 날아와 나를 앞질러
날아갔다
제비는 검은 등을 업고 날아가며
흰 농약을 뿌리는 거 같았다

구멍가게에 묶어놓은 개가 제비와 나를 보고 컹컹 짖
었다
더 많이 이 앞을 걸어가야 개도 공손해지고 결국은

어머니의 코트도 완성될 것이라고 믿었었다

신발이 자꾸 벗겨져서 나는 신발한테도 좀더 공손해져

야 한다고 믿었었다

학익동에서의 오래전의 일이다

십년 만의 답장

그대가 떠준,
털스웨터를 가슴까지 끌러서 아이의 장갑을 만들었습
니다
이제야 당신의 마음이 손에 잡힙니다
아이와 함께 한짝씩 그 마음을 나눕니다
그 어린아이와 액자 속에서 한참 놀다 나른한 오후의
햇살을 보다가
아이가 휘휘 저은 나이를 먹어서,
나는 한입 먹고 놔둔 사과처럼 붉어집니다

초인종 소리를 듣고
노을을 집안에 잘못 들여놓기도 합니다

세월이 흘러,
내 검은 구두에 주름살 생기고 그
구두 속으로 거꾸로 매달린 꽃잎이 메말라 떨어지고
요 앞, 담배가게까지 슬리퍼를 끌고 갔다 돌아오는 길

이웃의 꽃담장을 봅니다
(십년 전 당신은 왜 저 꽃들처럼 수줍어 피었습니까)

묵묵히 집으로 오는 길에
십년 동안 빈 우체통에 고갤 처박습니다

저쪽 계란장수가 너무 크게 떠들어대서 저쪽 삶을 다
시 바라봅니다
그쪽도 잘 있죠

가난으로 채워진 임산부

1

복숭아나무 한그루가 서 있는 집에는
한잎의 여자가 살고 있었네
한잎의 여자가 입덧으로 흔들고 있는 나뭇가지는
팽팽했다가 느슨해진 빨랫줄이 묶여 있네

거꾸로 매달린 옷들은 하나둘
빈 호주머니를 까뒤집어놓았네

가난으로 채워진 그 집의 응달에서
 햇볕을 쬐려고 나온 세발 자전거가 그 옆에 쓰러져
있네

여자는 간신히 무릎을 굽혀서 자전거를 일으켜 세웠네

2

아이를 낳기 전에 그녀는 젖은 우산을 마당에 펴놓았네
우산을 같이 썼던
한 남자의 검은 추억이 바싹 마르고 있네
우산을 함께했던 남자의 추억이 오랜만에 펴졌네

그녀의 얼굴에서 기미가 돋아나고
웃음이 돋아나네

슬픈 젖

젖병이 뒹구는 방바닥에
밥상을 차리는 아내
…… 분명히 있었는데요
아내는 젖병이 하나 없어졌다 난리다
아이들의 시위는 이렇게 시작한다

부패하는 것을 적당히 걱정하는 날이 있다
오래된 참기름병이 어머니 냄새를 풍기기 시작한다

이것들이 잘 사는지 걱정하시는 어머니의 밑반찬을
밥상 한가운데 올려놓는다

사랑은 왜, 내리사랑으로 흘러가게 되었을까
청국장이 끓어 넘치는 동안
나는 금세 어미 품을 잊고 아이의 울음소리로 배를 채
운다

아이야 고만 울어라
어미의 슬픈 젖이 그립다

담에 기대어 울다

속도를 멈춘 오토바이를
드디어 속도를 줄이고
쳐다본 일이 있다

요철이 있어야 속도를 줄였던 날들에 비하면
속도를 멈춘 오토바이가 요철이다

녹슨 오토바이가 오늘은 먼지를 뒤집어쓰고
담에 기대어 울고 있다

그 고철덩어리가
지금껏 달려온 길을 잡아당기고 있었나,
아무도 끌고 가지 않는다

사랑을 찾아 떠난다면
그 담 밑에 피어난 꽃을 꺾어가도 좋으리

조심조심 처음 본 듯한 나비 날아와
오토바이 핸들에 앉았다

그이가 오지 않았다

비는 그치지 않고
우산장수의 하루는 즐겁고
비는 자지가 든 바지를
조금 전에 젖게 하였다

차림표에 없는 음식처럼
그이에게 연락을 했지만 그이는 바쁘다고 나오지 않
았다
그녀의 그이는 바쁘다

(누군가를 찾아가면서 들고 있던 시집이 젖었는데,
시도 젖었는가)

둥근 찻잔을 들었다 내려놓으면 비가 그칠까, 그이가
올까
성냥 알맹이에 묻은 눈물 알맹이가 촛불을 켠다
너를 새까맣게 잊을 수 있을까

귀가

오목에서
이제 마악 세번째
돌을 놓으려는 당신

왼쪽에 돌 보이죠
우리 큰 아이예요 그리고
오른쪽에 있는 돌 보이죠
고놈이 우리 둘째예요

오목에서 세번째 돌을 놓으려는 당신
— 집으로 돌아오세요

검은 돌 놓은
당신 눈에서
검은 눈물 떨어진다

신발

어머니는 말씀하셨다
애아, 돈벌레는 잡지 마라 돈벌레는 돈을 갖다주는 벌레란다

물을 먹은 벽지가 힘없이 떨어지던 날
옛날 집주인의 벽지에서 연꽃이 한송이 주욱 벌어졌다
그리고 그 속에서
움찔움찔, 기어나온 돈벌레

꽃잎 속에 숨어 있는 돈벌레, 요놈을 어찌할까요, 어머니
발바닥도 많은 놈이, 어이어이 도망쳐야 하는데 도망갈 곳을 찾지 못한 건가,

돈벌레는 요강을 맴돌다 차례차례 신을 벗어놓는다
버릴 수 없는 신발이 내게도 있다

■

해설

알쏭달쏭하게, 전략적으로 시쓰기

최하림

　나르키소스를 말한다는 것이 이제는 새삼스러워 보인다. 하지만 이 신화에 시의 근원적인 모습이 서려 있다는 사실을 우리는 부인할 수 없으며, 그래서 우리는 시를 말할 때 이 신화에로 되돌아가곤 한다. 신화에 따르면 샘물은 나르키소스의 얼굴을 비춰준다. 이때의 샘물은 '나'를 비춰주는 거울일 뿐만 아니라 '내'가 가야 할 길을 보여주는 것이기도 하다. 그 길은 어슴푸레하고, 흔들리는 미궁과도 같다. 실제로 시인이 걸어가야 하는 길은 안개에 싸인 듯이 앞이 보이지 않는다. 나는 이기인을 80년대 중엽에 만났다. 그때 나는 이기인이 『알쏭달쏭 소녀백과사전』과 같은 시집을 낼 줄 몰랐다. 내가 만난 이기인의 시들은 서정적이면서도 상징적인, 절제된 언어로 이루어져 있었다. 알쏭달쏭한 소녀들이 원통형의 주름치마 속에 꿀단지를 감추고, 곰 같은 사내가 그 꿀맛을 보려고 치마를 여는 데 열중하는 그런 시들이 아니었다. 옛날의 그의 시를 기억하고 있던 나는 너무 놀랐다. 그러나 되생각해 보니, 나는 그가 걸어왔고, 걸어가야 할 길을 알 수 없을 뿐더러 20년 가까이 흘러간 시간들이 세상을 얼마나 변화시켰던가를 생각지 못했다. 시간 속에서 변하지 않는 것은 없다. 우리는 시간 속에서 움직이고 이동하고 변모하여 다른 존재가 된다. 다른 존재가 되어 세상을 걸어 간다.

20년이 지난 오늘, 이기인이 어떤 존재가 되어 어떤 길을 걸어가는가를 말한다는 것은 거의 불가능하다. 나는 그의 시를 읽고 음미할 수 있을 뿐이다. 그럼에도 불구하고 알쏭달쏭한, 『알쏭달쏭 소녀백과사전』을 읽고 나는 당황했으며 그를 새롭게 이해하려고 노력하지 않으면 안 되었다. 이것은 샘물 속의 길이 어슴푸레하다든지 샘물 속의 그림자가 '내' 그림자인지 내 '그림자'인지의 차이를 읽는 것이 아니고, 시간의 변화현상을 읽는 것이었다. 나는 이기인의 시를 천천히, 낯선 풍경처럼 새롭게 떠올리면서 읽어나갔다.

가장 먼저 충격을 준 것은 『알쏭달쏭 소녀백과사전』이라는 시집 제목이었다. 이것은 소녀(시적 대상물이자 주체)와 알쏭달쏭(시적 방법론)과 백과사전(기존의 관념 혹은 이데올로기)의 합성어로 되어 있다. 세 단어가 서로 밀고 끌어당기는 힘으로 인하여 이 시집은 매우 낯선 방식으로 독자에게 접근한다.

『알쏭달쏭 소녀백과사전』에 실린 시들의 화자는 대부분 ㅎ방직공장의 여직공들이다. 그들은 18,9세의 소녀들로 방직기계가 돌아가는 소음 속에서 한 파트를 맡아 밤새 일한다. 방직공장과 방직기계와 자본주, 관리자는 폭압적 존재로서 그녀들 위에 존재한다. 작업과정도 폭압적 존재와 여직공들의 상하관계 속에서 요구하고 요구당하는 섹스로서 현상화된다. 예컨대 곰같이 뚱뚱한 사내는 소녀에게 이상한 체위를 강요하고 치마 속에 감춰진 두 다리를 벌리라고 한다. 소녀들은 거역하지 못한다. 아니 거역하지 않는다. 그들은 강요에 길들여졌다. 그녀는 솜사탕의 막대기와 요구르트의 빨대와 빨래방망이, 못, 기계를 만지고 빤다. 그녀에게 솜사탕과 요구르트는 꿀처럼 달다. 따라서 폭압적 존재와 소녀의 섹스는 조금도 에로틱하지 않고 불결하지도 않다. 눈물나게 할 뿐이다. 이것은 이기인의 현실이해로부터 온 풍경이다. 80년대

초반에 조세희(趙世熙)가 자본가와 노동자로 우리 사회를
양극화시켰던 『난장이가 쏘아올린 작은 공』과 유사한 것
이지만, 자본가와 노동자들의 관계양상은 판이하다. 조
세희의 한 여주인공이 "나의 첫울음은 비명으로 들렸다
고 어머니는 말했다" "그와 마주치면 나는 그를 죽일 생
각이었다" "그가 원할 때마다 알몸으로 그를 받아들이며
삼킨 나의 신음소리를 그는 듣지 못했을 것이다"라고 말
하는 반면, 이기인의 소녀는 자본의 성기인 기계와 막대
기와 빨대와 시뻘건 자지를 만지고 빨면서 자본을 받아
들인다. 조세희의 노동자들과는 달리 이기인의 소녀들의
길들여지고 순응하는 모습에서 우리는 신자유주의의 발
호를 본다. 소녀들은 자본이 중심축을 이루고 있는 사회
체제 속에서 일할 때나 귀가할 때나 잠들 때나 효율적으
로 살아야 한다. 그녀들은 18, 9세가 되어 아랫도리에서
피가 나오면 "너의 상처는 세상에서 제일 이뻐"라고 말
하는 '상처 디자이너'를 따라가야 한다. 그리고 기꺼이
그들의 노리개가 되어야 한다. 그렇다고 그녀들에게 상
처의 침전물이 전혀 없는 것은 아니다. 다음 시를 보자.

공장과 공장 사이에 있는 화장실
흰 문짝은 오랫동안 페인트를 벗으면서, 깨알 같은

글씨를 토해내고야 말았다

　똥을 싸면서도 뭔가를 열심히 읽고 싶었던 이 못난
필적은 필시
　쾌활한 자지를 바나나처럼 그려놓고 슬펐을 것이다

　작업복을 벗고 자지를 타고 올라가 그 바나나를 하
나 따다, 미끄러졌다

　위험한 기계를 움직이는 몸에서는 주기적으로 뭉친
피가 흘러나왔을 것이다
　가려운 벽을 긁었던 소녀의 머리핀은 은밀한 필기구

　작업이 끝나고 처음 만난 기계와 잠을 잤다
　기계의 몸은 수천개의 부품들로 이뤄진 성감대를 갖
고 있었다

　기계가 나를 핥아주었다, 나도 기계를 핥아먹었다,
쇳가루가 혀에 묻어서 참지 못하고 뱉어냈다,
　기계가 나에게 야만스럽게 사정을 한다고, 볼트와
너트를 조여달라고 했다

공장 후문에 모인 소녀들

붉은 떡볶이를 자주 사먹는 것은 뜨거운 눈물이 흐를까 싶어서이다

아니다, 새로 들어온 기계와 사귀면서부터이다

　　　　　　　　　　—「알쏭달쏭 소녀백과사전 — 흰벽」 전문

　공장 후문에서 소녀들은 떡볶이를 먹으면서 울음을 참는다. 폭압적인 자본의 공격에 대한 내면 깊은 곳의 통증 때문에 울음이 터져나오려 하는데도 그들은 애써 참는다. 왜냐하면 운다는 것은, 눈물 흘린다는 것은 체제로부터의 낙오와 다름없는 것이기 때문이다. 그래서 소녀들은 "나를 외면하지 말아요, 나를 외면하지 말아요, 나를 외면하지 않았으면 좋겠어요"(「알쏭달쏭 소녀백과사전 — 비둘기」)라고 비둘기가 구구구구 우는 소리와도 같이 반복한다. 그들은 체제에서 이탈하지 않으려고 사지를 버둥거리면서 산다. 소녀는 방직공장의 기계나 관리자와의 섹스에 그치지 않고, 지하철에서 L자로 앉아 신문을 보는 구닥다리와도 하고, '나'보다 두살 많은, 세살 많은 세상 밖 사람들과도 하고, 동갑내기들과도 한다. 섹스는 이제 그녀의 삶의 방법이다.

소녀는 어느날, 섹스의 상처를 보기 위해 옷을 벗고 자궁과 배와 얼굴을 들여다본다. "불주사 자국 빼고 상처는 한군데도 없었다"(「열일곱 열여덟 바늘」)고 소녀는 말한다. 그러나 이때의 '상처는 한군데도 없었다'는 진술은 온몸에 상처투성이였다는 반어가 될 것이다. 마침내 소녀는 소리없이 우는 법을 익히게 되고, 상처가 죄와 관계된다는 것도 깨닫게 된다.

아침에 어떤 죄악은 손으로 주울 수 없어서
비닐테이프로 주웠네

우리의 죄를 셀 수 없는 것처럼 불쌍한 일이 또 있을까
그 죄를 살피는데 그것은 꼬부라졌고 검었네

솜털이 아름다운 건
아직 죄의 시작이 미미하기 때문이야

검고 꼬부라진 털은 어디서 나왔을까
죄의 뿌리가 세상 밖으로 뿌리를 내린다
                              —「솜털」 전문

위의 시에서 "그것은 꼬부라졌고 검었네"의 '그것'은 거웃을 말한다. 그 거웃은 죄의 크기를 말하고, 그것이 솜털에 지나지 않으므로 화자는 "아직 죄의 시작이 미미"하다고 말한다. 섹스는 소녀가 생각하는 것처럼 죄는 아니다. 그것은 중국의 음양론에 의하면 조화와 결합이고 융에 의하면 여성적인 것과 남성적인 것을 초월하는 것이다. 이기인의 소녀들이 섹스를 죄라고 보는 것은, 그것을 팔고 남용하기 때문이다. 그래서 소녀들은 울음을 죽이는 법을 익히고 눈물 흘리지 않으려고 혀를 깨문다.

앞에서도 말했지만 『알쏭달쏭 소녀백과사전』은 『난장이가 쏘아올린 작은 공』의 재판이라고 할 수 있는 면들이 곳곳에 보인다. 난장이의 딸은 알몸으로 그를 받아들이면서 신음했고 알쏭달쏭 소녀들은 울음을 죽인다. 운다는 것은 감정 해소의 길이 되겠지만, 그것을 참고 신음한다는 것은 감정을 확대, 심화시키는 일이다.

『알쏭달쏭 소녀백과사전』의 소녀들은 표면적으로는 사회에 드러난 현상적인 사건들을 그리지만, 자세히 들여다보면 그것들은 기억의 풍경이 되고 심리적인 환부가 된다. 시집을 통독해보면 시인은 인천광역시 학익동에서 유소년시절을 보낸 듯하다. 학익동은 인천 남부의 달동

네에 속한 공장지대다. 소년은 학교를 가고 오면서 공장지대를 지나쳤을 것이고, 방직공장 소녀들이 껌을 씹거나 담배를 피우는 것을 보았을 것이며, 그녀들에 대한 지저분한 소문들을 들었을 것이다.

시간이 흘러가면서 학익동은 달동네에서 아파트촌으로 바뀌고 방직공장과 소녀들도 어디로인지 떠나간다. 방직공장과 소녀들은 어린 소년의 기억 속에서만 살아남아 소년이 커갈수록 함께 성장한다. 소년은 시인이 되고 소녀들은 아줌마가 된다. 우리 사회의 노동도 사회의 밑바닥에서 사회를 규정하는 동력으로 더이상 작용하지 못하고 자본의 손아귀에 끌려다닌다. 더욱이 시인의 기억 속에서 재생되는 ㅎ방직공장 소녀직공들은 안개의 풍경과도 같이 매우 흐린 모습으로 공장 뒤뜰을 걸어간다. 확실히 이기인의 소녀직공들과 조세희의 노동자들은 구별되고 박노해와 백무산의 노동자들과는 더더욱 구별된다. 이기인의 소녀직공들은 개인으로 해체되어 자본에 종속된다. 그럼에도 이기인이 기억의 시간 속에서 ㅎ방직공장 소녀들을 불러내는 것은, 그때 그에게 ㅎ방직공장 소녀들의 풍경이 매우 충격적이었을 뿐 아니라 현재에도 충격적인 의미를 지니고 있기 때문이다. 우리는 『알쏭달쏭 소녀백과사전』에서 기억의 소녀들의 풍경과 시인이 보고 있는 현재의 우리 현실이 오버랩되어 있다는 데에 주목할 필요가 있다. 이기인은 기억 속의 소녀들과 같이 시인 자신이 살고 있는 이 시대에서 아무런 역할을 하지 못하고 있다는 사실을 알고 있으며, 그런 자신의 누추한 모습을 들여다보고 있다. 그런 어느날 시인은 한통의 편지를 받는다.

청송교도소에서 편지 한통이 날아왔다

밥풀냄새가 난다 그 쪽도 내 독자다

지금은 봄이군요 그리고 아무 말이 없다

새순이 돋아서 좋다 꽃이 피어서 좋다

그쪽도 어쩌다 내 쪽으로 가지를 뻗어서 좋다

검열한 편지지 속에서 삐뚤삐뚤 피어난 꽃

볼펜 한자루에서 피어났다

오늘은 저녁 쌀 씻다 한줌 쌀을 더 씻다

— 「시인에게 온 편지」 전문

발신자가 어떤 죄목으로 청송교도소에 들어갔는지 시인은 모른다. 그러나 봄과 새순과 꽃과 가지들에 대해서 말을 나눈 발신자와 수신자 사이에는 꽃이 피고, 마침내 시인은 저녁쌀을 씻다가 그를 생각하며, 그에게 마음으로 보낼 밥 한그릇쯤의 쌀을 더 씻는다. 그 쌀씻음은 사랑의 쌀씻음이 되고 시적인 쌀씻음이 된다. 이 같은 사랑의 마음은 「그이가 오지 않았다」에서도 다른 모습으로 그려진다. 비오는 날, 젊은 여인은 커피숍에서 '그녀의 그이'에게 전화를 한다. 그러나 '그녀의 그이'는 바쁘다고 나오지 않는다. '그녀의 그이'는 이렇게 늘 바쁘다. 그녀는 섭섭한 마음을 누르고 손에 들고 온 시집을 본다. 시집이 젖어 있다. 그녀는 "시도 젖었는가" 걱정하고, 차를 마시려고 잔을 들다가 "둥근 찻잔을 들었다 내려놓으면 비가 그칠까, 그이가 올까" 잠시 생각해본다.

이것이 내가 옛날에 알고 있던 이기인의 시였다. 군더더기가 없고 진솔하기 그지없었다. 그런 이기인이 이제까지 파고들어간 내면적인 광맥을 버리고 알쏭달쏭한 소녀백과사전의 세계로 걸어들어간 것은 코페르니쿠스적

전회(轉回)라 아니할 수 없다. 아마도 이 '전회'에는 말하지 않고 있는 사건이 있었던 것 같고(「십년 만의 답장」「가난으로 채워진 임산부」「슬픈 젖」 등에는 아픈 아이가 나온다. 그 아이와 관계된 것인지도 모른다), 그 사건을 계기로 하여 학익동의 방직공장과 알쏭달쏭한 소녀들이 급자기 등신대로 그의 앞에 클로즈업되었을지도 모른다.

그렇다고 할지라도 우리는 이기인의 그 '전회'가 '사건'에 의해 이루어졌다고 봐서만은 안된다. 그것은 알쏭달쏭한 소녀들의 충격적인 기억과 공룡과 같은 거대사회와 무력한 시인 자신이 시인에게 가하는 압력으로 이루어졌다고 봐야 한다. 몇년 전(2002) 겨울, 시인은 내게 보낸 편지에서 "저는 '소녀의' '백과사전'을 '알쏭달쏭'하게 취재하여 집필"한다고 쓴 적이 있다. 이때의 '취재 하에 집필'한다는 것은, 이제까지 추구해왔던 내면적인 세계를 버리고 그가 보며 자랐던 학익동의 ㅎ방직공장 소녀 직공들을 이전과는 다른 방식으로 해석하고 다른 방법으로 집필한다는 뜻이 된다. 다시 말하지만 이 '전회'는 매우 놀라운 것이었고 (그의 이전 시를 아는 사람들에게는 더욱 더), 그것을 시로써 형상화한다는 것은 엄청난 고통이 뒤따르는 일이 아닐 수 없었다. 그는 그 편지에서 이렇게 속내를 털어놓았다.

나의 시쓰기는 전략적으로 모색된 이후의 선택이었다는 점을 나름으로 피력하고자 합니다.

저는 제 자신에게 계속 '자신감'을 가지라고 최면을 걸고 있습니다. 이것은 일종의 제 시가 제 생활내력의 연장선에서 분출된 것이고(외설을 포함하여), 그 무엇을 부인해서도 안된다는 생각까지를 보태고 있습니다. 이유는 그것이 검증된 적이 없는 '불안한' '실험적인 시쓰기'라는 데 있고요.

『알쏭달쏭 소녀백과사전』은 확실히 '전략적으로 모색'된 것이고 '취재'된 것이고, '실험적'인 것이다. 그가 편지에서 썼듯이 '시라는 본위의 자리로부터 아주 멀리 일탈하고 있'는 시라 할 수 있다. 그러나 다시 읽어보면 전략적이고 의도적인 것이고 실험적인 것이라 할지라도, 서정적이면서도 내면적이었던 이전의 그의 시정신이 아주 사라진 것은 아니다. 그의 서정적인 시정신은 「알쏭달쏭 소녀백과사전 ─ 봄비」에서는 알쏭달쏭한 소녀들의 부도덕한 사건들 속에 소리를 내며 흐른다.

나는 언제 울면서 얘기할 수 있는가

내 눈물은 참았던 일이 많아서 한꺼번에 쏟아질 것
이다

　그날은 소주 한잔 사달라는 사람 있거든 술 한잔 사
주고
　손수건도 내주고 집까지 바래다주는 일도 까먹지 말
아라

　빗방울 소리 저녁 늦게까지 저벅저벅 집으로 오고
　우산도 없이 걷는다는 게 말이냐, 우산도 없다는 게
말이냐

　봄비 오시는 날 비 맞은 소녀
　애인 옷 잘 다려서 못에 걸어놓고 다리미 세워놓고

　엊그제부터 생리대에 쏟아진 피와 만나서 온종일,
찐 감자처럼
　이 저녁이 배고픈 사람을 기다린다
　　　　　　　　　　—「알쏭달쏭 소녀백과사전 — 봄비」 부분

이 시는 「그이가 오지 않았다」나 「시인에게 온 편지」

와 수사에서는 별로 다를 것이 없다 "애인 옷 잘 다려서
못에 걸어놓고 다리미 세워놓고(⋯) 이 저녁이 배고픈 사
람을 기다린다"라는 구절은 "오늘은 저녁 쌀 씻다 한줌
쌀을 더 씻다"와 동일한 정서다. 「알쏭달쏭 소녀백과사
전」이라는 연작의 서사성이 「봄비」를 내려눌러 무거울
뿐이다.

　인간에게 경험시간은 사라지지 않는다. 마찬가지로 한
번 쓴 시도 내면화하여 보이지 않게 흐른다. 간결하고 군
더더기 없는 이기인의 시어들은 변하지 않고 이 시집에
그대로 있다. 시인은 자신의 시에 말이 많아졌다고 비판
한 적이 있지만, 말이 많아진 것이 아니고 알쏭달쏭한 소
녀들의 서사가 말이 많아진 것처럼 느끼게 하는 것이다.
「알쏭달쏭 소녀백과사전 — 연탄」이나 「폭설」 「석유통을
끌고 온 소녀」 등에서는 지워야 할 말을 찾기 어렵다. 표
현의 서정성도 군데군데 빛난다. 특히 "침묵 끝에 노을
이 와서 노을을 벽에 걸어놓았네"(「석유통을 끌고 온 소녀」)
같은 구절은 노을이 석유통을 닦은 걸레와 연결되고, "쌀
자루처럼 구석에 쪼그리고" 앉은 아버지의 생각과 연결
되고, 궁극적으로는 이 모든 사건을 야기하는 가난과 연
결된다. 가난은 징벌과 같은 것이다. 소녀는 "가난의 고
무줄을 끊어버리고 싶"(「소녀의 배」)어 부자를 좋아하고

아버지는 딸이 부자와 무얼 했는지 더이상 캐묻지 않는다.

학익동의 방직공장을 무대로 하여 펼쳐졌던 기억의 풍경과 '그'를 죽이고 싶은 증오와 거역의 복수심이 희석된, 울음소리만이 남은 신자유주의 체제의 비인간적인 모습이 복합된 이기인의 첫 시집은 한마디로 매우 도발적이다. 서정시가 주류를 이루고 있는 시단의 흐름에 대해서 그렇고 이데올로기가 퇴조한 사회현상에 대해서도 그렇다. 시인 스스로 '외설적'이라고 할 만큼 알쏭달쏭한 소녀들은 섹스로서 체제와 맞서려고 한다. 순응과 복종의 방식으로서이지만, 그런 방식으로라도, 그 사회에 자리잡으려 한다는 면에서, '맞선다'고 우리는 말할 수 있다. 소녀들은 이제 '벌리고' '빨고' '만지는'것만으로 살지 않고 '껌'을 질겅질겅 씹고 뱉고 연주하는 적극적인 방식으로 산다. 예컨대 「소녀의 껌」과 같은 방식.

그 연주의 볼륨을 높이고 싶은 나른한 오후
질겅질겅 씹던 껌의 반죽이 잘되어 통통한 자지가
되었네
소녀의 입에서 말처럼 욕이 쉽게 튀어나오는 건
그 자지를 너무 세게 물었기 때문에…… 그렇다네

(…)

　연주의 중간 중간에 파도의 화음이 들리고, 전화를 받으러 소녀가 뛰어나가고

(…)

　너처럼 이쁘고 멋진 연주자를 본 적이 없구나

　흰 목덜미를 한번 잡아보고 싶은 늙은이, 슬리퍼를 질질 끌고 와서

　긴 악보를 놓고 가네

　　　　　　　　　　　　　　—「소녀의 껌」부분

또 다음 시도 같은 방식이다.

　처음엔 모자만 벗었어요 조금 더웠으니까요 그리고 갑자기 엉덩이에서 뿔이 났어요

　밤새 엉덩이를 더듬어보다 거울을 보았어요

　소녀가 소녀에게 말했어요 이젠 너도 살찐 소가 되었구나, 축하해

　소녀가 먼저 여인숙으로 들어가고

　엉덩이 살을 한근만 팔라고 조르던 그 정육점 남자가

조용조용 뒤따라왔어요

— 「소녀의 거울」 부분

연주를 하는 것도 소녀고 여인숙으로 앞장서서 들어가는 것도 소녀다. 이제 남자들은 그 소녀를 따라가거나 성기를 물리는 존재가 된다. 그렇다고 소녀와 남자의 관계가 역전되는 것은 아니다. 소녀는 주어진 세계를 그의 방식으로 살려고 섹스를 하는 데서 주체가 된다.

주체적으로 섹스를 연주하고 나서 소녀가 확인하는 것은 "슬픔은 슬픔으로 기워야 하는 이 연주의 곡명이 뭐지" 하고 물음표도 없이 물어야 하는, 신음과도 같은 소리뿐이다. 소녀는 승자가 아니다. 패자가 된다. 그에게는 물음표도 없고 거부권도 없고 결사단체도 없다. 그런 면에서 『알쏭달쏭 소녀백과사전』의 상처 디자이너, 꿀단지, 상처와 「소녀의 껌」 「소녀의 거울」 「소녀의 배」 「소녀의 곰인형」 등은 위악적으로 소녀를 과장한 시라고 할 수 있다.

알쏭달쏭 소녀들이 공장에 들어오던 날에, 목화송이처럼 눈이 내리던 날에 꿈이 있었고 '진정성' 같은 것이 있었다. 그런 면에서 이기인의 출세작이기도 한 「ㅎ방직공

장의 소녀들」은 이 시집을 참답게 이해할 수 있는 키워드
가 된다.

　목화송이처럼 눈은 내리고
　ㅎ방직공장의 어린 소녀들은 우르르
　몰려나와 따뜻한 분식점으로 걸어가는 동안…… 저
가슴에 실밥
　묻은 줄 모르고
　공장의 긴 담벽과 가로수는 빈 화장품 그릇처럼
　은은한 향기의 그녀들을 따라오라 하였네
　걸음을 멈추고
　작은 눈
　뭉치를 하나 만들었을 뿐인데,
　묻지도 않은 고향 이야기를 늘어놓으면서…… 늘어
놓으면서 어느덧
　뚱뚱한 눈사람이 하나 생겨나서
　그
　어린 손목을 붙잡아버렸네
　　　　　　　　　　—「ㅎ방직공장의 소녀들」 부분

점심시간이 되자, 소녀들은 일하던 손을 놓고 분식점

으로 몰려간다. 시인은 분식점이 따뜻하다고 말한다. 점심은 열량을 내포한 것이기 때문이다. 그리고 또 시인은 긴 담벽과 가로수와 열거하지는 않았으되 가로수가 거느리고 있는 바람과 햇빛과 목화송이 같은 눈들이 소녀들을 따라오게 한다고 한다. 실제로 소녀들에게 공장에 처음 들어가는 꿈과 사랑이 있는 한, 풍경은 소녀들을 따라오지 않을 수 없다. 그런데 소녀들이 인식하지 못하는 가운데 그녀들의 가슴에는 공장의 실밥이 묻어나고 눈사람같이 뚱뚱한 공장의 남자가 다가와 묻지도 않은 고향 이야기를 하면서 그녀의 손을 붙잡아버린다. 사건은 거기서 시작된다. 그것은 비극의 사건이다. 『알쏭달쏭 소녀백과사전』은 그 비극의 사건들이 진행되는 동안 소녀들이 감내해야 하는 고통과 슬픔을 치밀하면서도 간결하게 그린다. 그 치밀함과 간결함이 고통의 순도를 높이고, 그 고통이 시인 자신의 것이라는 것을 우리로 하여금 되씹게 한다.

崔夏林 | 시인

■

시인의 말

눈물이 안 나온다는 말을 들은 적이 있다, 기억나지 않는다는 말을 들은 적이 있다, 보고 싶지 않다는 말을 들은 적이 있다, 배고프지 않다는 말을 들은 적이 있다, 글이 안 써진다는 말을 들은 적이 있다.

눈물이 나온다는 말을 들었다, 기억난다는 말을 들었다, 보고 싶다는 말을 들었다, 배고프다는 말을 들었다, 글이 써진다는 말을 들었다.

말[言]을 좇아가면 내게로 돌아오는 길이 멀어진다, 시를 좇아가면 내게로 돌아오는 길이 멀어진다.

내일은 詩가 뜬다.

2005년 6월
이기인

창비시선 248

알쏭달쏭 소녀백과사전

초판 1쇄 발행 / 2005년 6월 15일
초판 5쇄 발행 / 2014년 4월 24일

지은이 / 이기인
펴낸이 / 강일우
편집 / 김정혜 문경미 안병률 강영규 황경주
미술·조판 / 정효진 신혜원
펴낸곳 / (주)창비
등록 / 1986년 8월 5일 제85호
주소 / 413-120 경기도 파주시 회동길 184
전화 / 031-955-3333
팩시밀리 / 영업 031-955-3399 · 편집 031-955-3400
홈페이지 / www.changbi.com
전자우편 / lit@changbi.com

ⓒ 이기인 2005
ISBN 978-89-364-2248-6 03810